日本の詩

たび

遠藤豊吉 編・著

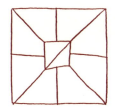

小峰書店

あなたの趣味《しゅみ》は、と問われて、旅行、と答える人が多くなった。どこへ行きましたか、とたずねると、よどみなく日本の国内はもちろん、しばしば外国の地名がでてくる。なぜそこへ？と問いを重ねると、きまったように週刊誌《しゅうかんし》、新聞がいいところだと紹介《しょうかい》したからと答える。

わたしは、そんなのを〈旅〉だとは思わない。雑誌《ざっし》やガイドブック片手に、名所をぞろぞろと案内図どおりにめぐり歩く〝マスコミ名所遍歴《へんれき》〟は、すくなくとも若い人の〈旅〉だとは思わない。名所めぐりなどは年よりにまかせておけばよい。

〈旅〉には未知の世界へのおののきと魂《たましい》の冒険《ぼうけん》があり、人はそのおののきと冒険のなかで〈人間〉としての自分を発見する。すなわち〈旅〉とは人生そのものなのだ。

遠藤豊吉

日本の詩＝8

たび

はじめての町　茨木のり子――4
出さない絵葉書　新川和江――9
播州平野　小野十三郎――12
湖のある村　秋谷豊――14
小さな汽車　高橋忠治――17
女西洋人　中野重治――22
センチメンタル・ジャーニー　北村太郎――25
旅情　嵯峨信之――30
オホーツク挽歌　宮沢賢治――33
峠　石垣りん――43

六月　茨木のり子――46
きくわん車　中野重治――49
南紀の駅　伊藤桂一――54
旅上　萩原朔太郎――56
雲よ　谷川雁――58
解説――61

装幀・画＝早川良雄

はじめての町

はじめての町に入ってゆくとき
わたしの心はかすかにときめく
そば屋があって
寿司《すし》屋があって
デニムのズボンがぶらさがり
砂ぼこりがあって
自転車がのりすてられてあって
変りばえのしない町
それでもわたしは十分ときめく

見なれぬ山が迫《せま》っていて
見なれぬ川が流れていて
いくつかの伝説が眠っている
わたしはすぐに見つけてしまう
その町のほくろを
その町の秘密を
その町の悲鳴《ひめい》を

はじめての町に入ってゆくとき
わたしはポケットに手を入れて
風来坊《ふうらいぼう》のように歩く
たとえ用事でやってきてもさ

お天気の日なら

町の空には
きれいないろの淡《あわ》い風船が漂《ただよ》う
その町の人たちは気づかないけれど
はじめてやってきたわたしにはよく見える
なぜって　あれは
その町に生まれ　その町に育ち　けれど
遠くで死ななければならなかった者たちの
魂《たましい》なのだ
そそくさと流れていったのは
遠くに嫁《とつ》いだ女のひとりが
ふるさとをなつかしむあまり
遊びにやってきたのだ
魂だけで　うかうかと

そうしてわたしは好きになる
日本のささやかな町たちを
水のきれいな町　ちゃちな町
とろろ汁《じる》のおいしい町　がんこな町
雪深い町　菜の花にかこまれた町
目をつりあげた町　海のみえる町
男どものいばる町　女たちのはりきる町

茨木　のり子（いばらぎ　のりこ）一九二六～二〇〇六
「見えない配達夫」より。詩集「対話」「人名詩集」他

＊

〔編者の言葉〕雪のふりつもった林に一歩足をふみいれると、しずかな林のむこうから、はじけるような子どもたちの声が聞こえた。林のはずれに、しゃれた建物がたっており、門柱《もんちゅう》にはロシア語で「第四二四番幼稚園《ようちえん》〝チャイカ（かもめ）〟」とあった。

※ウクライナ共和国の首都キエフ。一月三日。日本ではまだ〝松の内〟とよばれる休日だが、この国ではすでに新しい年の労働を開始していた。親たちが労働をはじめているのだから、子どもを保育《ほいく》する機《き》関《かん》もとうぜん始動《しどう》しているわけで、わたしは寒気《かんき》のなかではじける子どもの声を聞きながら、国がらのちがいにしみじみ感じいっていたのだった。

キエフは人口およそ百五十万人。林の多い、古い街《まち》である。わたしは幼稚園《ようちえん》をはなれ、また林の小道をたどりながら、この街はここに一番早く住みついた人たちが、自然の神に「わずかでけっこうでございますから、わたしどもの住む場所を貸しあたえてください」と願って作った街にちがいないと思った。

ふと見ると、ひとりの老人が木もれ日のちるベンチでひっそりと本を読んでいるのが目にはいった。

そこにはたしかに平和があった。

※ウクライナ共和国は現在ウクライナ。

出さない絵葉書

遠く
来てしまいました
春は
たけなわですけれど……

このさびしさには
もう
散りしく　花びらがない
つかまる　手摺《てす》りがない
通す　袖《そで》がない

まぶす　粉砂糖がない
梳《す》く　櫛《くし》がない
まわす　ノッブが
つき刺《さ》す　フォークが
いれる袋が
糊《のり》しろが　ない

遠く
来てしまいました
もう　帰らないでしょう
帰れないでしょう

新川　和江（しんかわ　かずえ）一九二九〜
「つるのアケビの日記」より。詩集「土へのオード13」他

〔編者の言葉〕　特別攻撃隊員《とくべつこうげきたいいん》になって一か月ほどたったある日、二泊《はく》三日の帰郷《ききょう》がゆるされた。

梅雨《つゆ》でぬれた故郷《こきょう》の町はなつかしかったが、特別攻撃隊員として〈死〉の世界にあゆみはじめている心には、もはや無縁《むえん》、という思いのほうが強かった。

二夜とも、父と継母《けいぼ》とわたしと三人で、一つ部屋に寝た。町は無縁の風景と見えても、両親はやはり無縁ではなかった。父はほとんど何もしゃべらなかったが、継母は夜半すぎても、わたしにむかってしゃべることをやめなかった。

わたしは、自分が特別攻撃隊員になったことを告げずに故郷を去るのだが、ふたりともわたしの身の上に重大な変化がおこったことを感じとったにちがいない。

故郷を去る日、継母は駅まで送ってくれた。目にいっぱいの涙をため、彼女は車窓《しゃそう》に手をつきだし、せいいっぱいわたしの手をにぎってくれたが、その手は雨にしとどぬれて、つめたかった。

播州《ばんしゅう》平野

その野は
いつまでもいつまでも
窓の外につづいた
海のようだった。
近く遠くところどころに
誘蛾燈《ゆうがとう》が光っていた。またたきもなく。
あゝそれらの誘蛾燈の
鮮烈《せんれつ》な一つの灯《ひ》と灯《ひ》のあいだは
なんと大きな暗い空間だっただろう。
かゝる美麗《びれい》なる暗黒を

はじめて見た。

小野　十三郎（おの　とおざぶろう）一九〇三〜一九九六
「火呑む欅」より。詩集「大阪」「大海辺」「拒絶の木」他

＊

〔編者の言葉〕　東京の夜がネオンにいろどられ、夜空が星を失ったのは一九五〇年代後半からだったと思う。ある夏、八《やつ》ヶ岳《たけ》山麓《さんろく》の山小屋に東京の子どもがとまった。「外へ出てごらん。すごい星空だよ」ほんとうに降るような星空、ということばがぴったりの美しい空だった。

「美しいね」ということばを期待し、わたしはその子を見た。しかし、でてきたことばは「こわい！」のひとことだった。「こわい！」そう言って、かれは体をすくめたのだった。

何年かたって、また別な子が山小屋にとまった。その夜も美しい星空だったが、その子は満天《まんてん》の星のきらめきを見て「おじさん、プラネタリウムとおなじだね」と、こともなげに言った。

湖のある村

村は月夜だった
高原の灌木《かんぼく》に山鳩が啼《な》く
小さな停車場
木柵《もくさく》に白い蝶《ちょう》が眠っていた

こぶしの花を一輪
吊《つり》ランプのようにさげ
湖を迂回《うかい》して
湖水の見えるさびしい宿で
遠い友へ手紙を書いた

部屋のランプが
湖に映って消える
ぼくの掌《てのひら》には一匹の傷ついた
蛾《が》があった

秋谷　豊（あきや　ゆたか）一九二二～二〇〇八
「冬の音楽」より。詩集「遍歴の手紙」「ヒマラヤの狐」他

＊

〔編者の言葉〕　能登《のと》の町輪島《わじま》はその日も朝から細い雨にぬれそぼっていた。宿の人にすすめられ、朝市を見にでかけたが、どの店にも観光客がむらがり、ひとり旅のわたしをうけつける雰囲気《ふんいき》はなかった。

輪島の朝市。それは昔から耳にしていた。だが、昔はもっと素朴《そぼく》なかたちであったにちがいない。その土地や近隣《きんりん》に住む売り手と、その土地に住む買い手の命を結ぶ結び目としての空間であったにちがいないものが、いまは観光客むけになっている。それ

は、店の人が客たちにかける呼び声一つでわかった。

買うものとてもなく、宿へ帰ろうと人ごみをぬけしばらく歩いて角をまがろうとして、わたしはあやうく若い女性の一団とぶつかりそうになった。みんな女性週刊誌《しゅうかんし》のグラビアで紹介されているような衣裳《いしょう》をまとい、ワアワア、キャアキャアと声をあげながら、わたしのわきをとおりすぎていった。あきらかに観光客で、朝市へむかうとちゅうだった。旅と称して、若い女性たちが騒々《そうぞう》しく町を歩くようになったのは、いつごろのことだろうとわたしは考えた。

自然や人のなりわいを観光の対象にすることによって、土地の人びとの生活がほんとうに豊かになったというなら、なにも言うことはない。が、日本の観光事業《かんこうじぎょう》は、庶民《しょみん》にまっとうな幸せをあたえたのだろうか。たくさんの人を旅へとかりたてたが、この作られた流行現象から、むしろ旅の心を失うというむなしさを積みあげただけではなかったろうか。

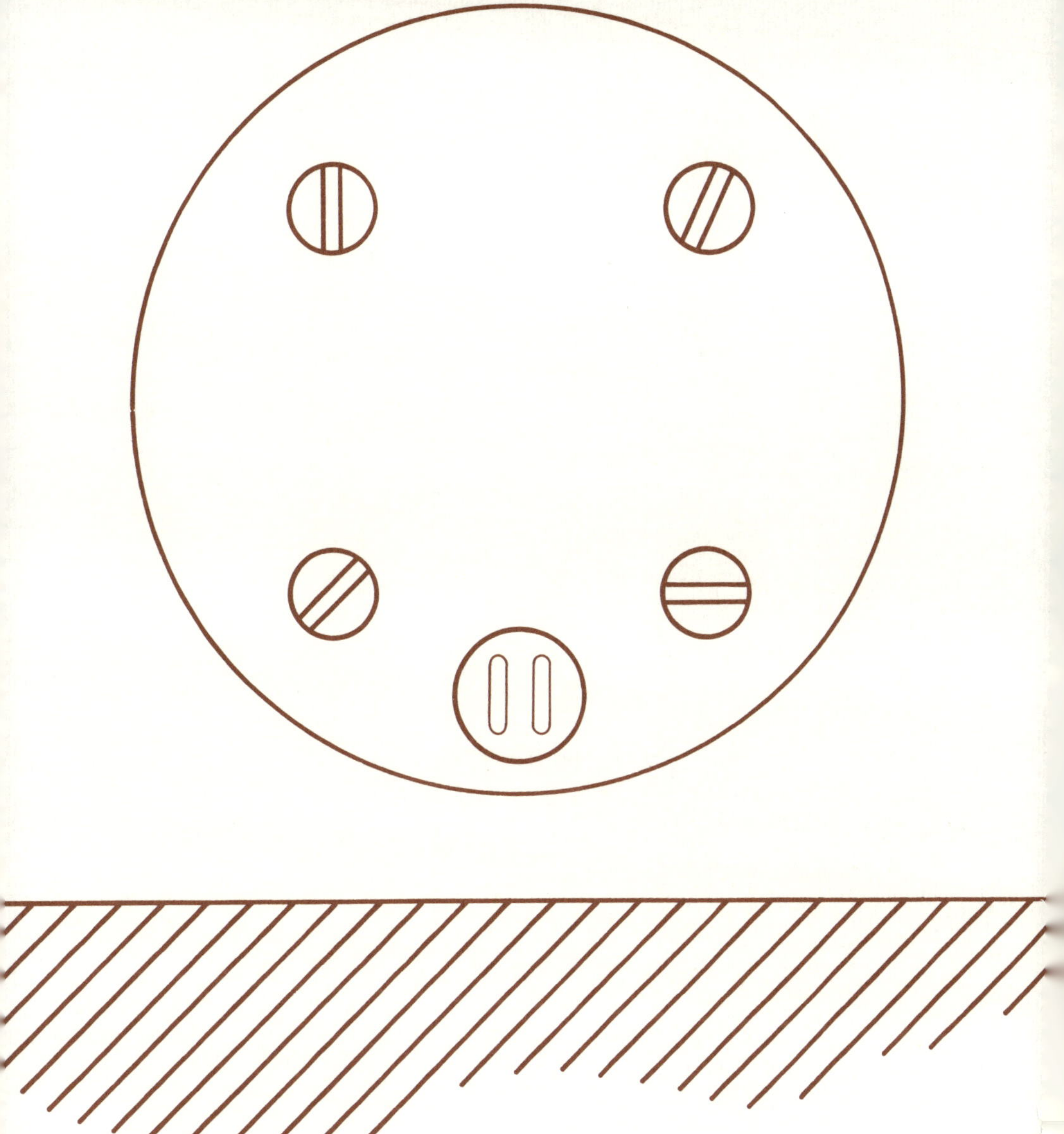

小さな汽車

谷あいを
小さな汽車がすすみます。
小さな汽車は
笑いと
話し声とでいっぱいです。

ああではなくて
こうですわ
そうです　そうです

同感です
ですからね
あれではねえ
ふんふんふん
そうね、ほほほほ……

窓から、そっと
チョウがはいってきました。

あみだなに羽をやすめ
おばさんのめがねのふちをかすめ
そっと、出ていきました。

後《あと》に

やさしい匂《にお》いがただよいました。
笑いも
話し声も
ふと、とだえました。

人々は
ほんのひととき
めいめいのひとりにかえりました。

――兄は、草笛《くさぶえ》がすきだった。
あす、戦《いくさ》に行くという晩も
ひとりで草笛をならしていた。

――カキの花が散っていた。

ばあちゃんちの黒い門のわきに。
女の子のようにそれを拾《ひろ》ったっけ。

——ぼくじゃない、と言っても
あの先生は
とうとうそれを信じてはくれなかった。

小さな汽車は
ポッポーと
汽笛《きてき》を三度ならしました。
小さなトンネルを
ぬけて出ました。

また、

にぎやかににぎやかに
小さな汽車は
谷あいをすすみます。

高橋 忠治（たかはし　ちゅうじ）一九二七〜
「おふくろとじねんじょ」より。詩集「かんじきの歌」他

＊

〔編者の言葉〕　福島《ふくしま》県郡山《こおりやま》と平《たいら》※を結ぶ鉄道を磐越東《ばんえつとう》線《せん》という。戦後しばらくして、この線に乗ったことがあった。冷たい雨が激しく降っていた。車輌《しゃりょう》の中にはいると、なんと通路も腰かけもびしょぬれ。窓わくのすきまから雨がふきこんでいるのである。

新聞を買ってきて目張りをし、おそるおそる腰をおろした。車内には、手ぬぐいでほおかぶりをし、だまってすわっている老人や、じぶんはぼうしを目《ま》深《ぶか》にかぶり、子どもには雨合羽《あまがっぱ》をきせている父親などがいて、わたしをつらくさせた。

民主主義だ、地方分権だといっても、ローカルとはこういうことなのだ、とわたしは心でつぶやいた。

※平駅は、現在はいわき駅。

女西洋人

どこの国の人だろうなあ
あの人はいいことをしたんだがなあ
なんであんなに赧《あか》い顔なんぞするんだろうなあ
汽車のがらす窓はずいぶんと重いんだし
あのおばあさんはその締《し》め方を知らないんだものなあ
それを見かねてつい締めてやっただけのことだものなあ
なんであんなに顔の下の方から赧くなんぞなるんだろう
　なあ
もうずっと上の方まで顔いちめんにまっかだがなあ
親切をしてやったことがあの人には恥《はず》かしいのかなあ

それともおばあさんがなんぼやっても駄目だったことが
あんまり造作《ぞうさ》もなくそして人の眼の前でできてしまったので
まだ年の若いらしいあの人はきまりがわるいとでもいうのかなあ
それに
これはまたどうしたというんだろうなあ
あの人の赧くなるのを見ているうちに
おれは少しずつ悲しくなってきたがなあ
少し寒いようで少し恥かしいようで……
どうしておれにはこんなことがいつもいつも悲しいんだろうかなあ
おれゃひょっとどうかなってしまうんじゃあるまいかなあ

中野重治（なかの　しげはる）一九〇二～一九七九
「中野重治詩集」より。著書「中野重治全集」他

＊

〔編者の言葉〕　「先生っ、たいへん。マコちゃんが血だらけ」二年生の智行《ともゆき》くんが血相《けっそう》をかえてとんできた。保健室《ほけんしつ》へ行ってみると、階段《かいだん》でころんで耳のうしろがさけた真《まこと》くんがソファに横になっていた。

　近くの病院へはこび、三針ほどぬってもらった。学校へもどると、教室のるすをたのんだ先生が、「智行《ともゆき》くんが、マコちゃん、どうしたろう、痛《いた》いだろうって、オロオロして勉強が手につかなかったようね」と言った。あとで「人のつらさを、そんなに心配できる子は、すばらしい子だ」と言った。智行くんは、うれしそうな顔をしてニッコリわらった。

　授業が終わり、わたしはもう一度かれをほめた。すると、かれは、涙のこぼれそうな目をして、はにかんだ。わたしは、智行くんの心がわかった。子どもというものは、ほめられすぎると「それほどじゃないんだ」と感じる感性をもっているものなのだ。

センチメンタル・ジャーニー

すばらしい夕焼けだ！　気持よく揺られながら、汽車の
　窓から
ぼんやりと、秋の空、
見ているうちに赤、紫、
オレンジ、また濃《こ》い紅《くれない》と、動かないで
動いてる湖みたいに、よく
変化するものだ！　収穫を終えた
畠の向うは森だ。その
遠くには低い山脈が沈黙して、横に
ながく伸《の》びている。ぼくの鼻が

ふと冷たいガラス窓に触《ふ》れたと思ったら、
おお寒い！　さっきから
腰掛けの下でごろごろと、揺れているのは、飲み捨てた
牛乳壜《びん》か。そろそろ夕焼けも消えそうだ。
いつのまにか、山脈は真黒な
シルエット。残りの光りが鳶《とび》色に
山の向うに死んでゆく。さびしい一人旅の果てに行き着
　くところは
どこでもいいさ。街《まち》があって、灯《ひ》があって
それに大きな屋根のある土地だ。もう
そとは真黒になっちゃった。ぼくの顔、
映ってるガラスのなかで、緑の
セーターを着た娘、青い蜜柑《みかん》を一つずつ、ゆっくり唇《くち》に
　入れている。

その隣り、紳士風の中年男が、
指にはさんだシガレットの、小さな灯を
無表情に見つめてる。ガラスのなかの人たちは、
みんな亡霊《ぼうれい》のようにおとなしい。ぼくの眼の
調節ひとつで、おかしいな、ぼくは亡霊を見たり、闇《やみ》を
見る。
ほの暗い電灯を見たり、深い海の底を見る。
さびしい一人旅の果てに行き着くところは、どこでもい
いさ。ベッドがあって
窓があって、それに小さい墓地のある町だ。おや、鉄橋
だ。
水嵩《かさ》の少ない河が、黒く曲りくねって、しくしく泣いて
いる。
十一月の線路は凍り、車輪は熱い息を吐《は》きながら、限り

ない
キスを続けてる。でも、すぐにしずかな夜の底、だんだ
ん
遠くなって、白く取りのこされる
線路だ。ああ
汽笛《きてき》が鳴った！　ガラスのなかで
紳士がくしゃみした。緑の
セーターの娘は、反対側の窓をあけ、
頸《くび》をのばして、何も見えない闇《やみ》を、ペルシャ猫のように
　のぞきこんでいる。
駅はまだだよ。夜は
これから深くなるんだよ！　さびしい
秋の一人旅、行き着くところは、どこでもいいさ。仕事
　があって、

夢があって、それに大きくも小さくもない幻滅《げんめつ》のあると
ころだ。

北村 太郎（きたむら　たろう）一九二二〜一九九二
「北村太郎詩集」より、詩集「眠りの祈り」「冬の当直」

＊

〔編者の言葉〕一九四四年五月。熊谷《くまがや》の飛行場で基《き》礎《そ》訓練《くんれん》をうけていた。ようやく一日の訓練《くんれん》が終わり、グライダーの機材点検《きざいてんけん》をやっているとき、尾翼部分《びよくぶぶん》の鋲《びょう》が一本なくなっていることが発見された。

隊長《たいちょう》は激怒《げきど》し「ただちにさがせ。見つかるまで帰《き》営《えい》はならん。メシも食わせん」といって帰ってしまった。一時間、二時間、夜露《よつゆ》にぬれながら、わたしたちは夏草の上をはいまわりつづけた。そのとき、遠く飛行場のはずれを高崎線《たかさきせん》が走っていった。

「あの列車にのれば、六時間で家へ帰れるのだ」胸の奥を、刃物《はもの》のようにするどい望郷《ぼうきょう》の思いが走った。

だが、その思いも列車の窓明りが視界《しかい》から消えるとやがて消え、また一本の鋲を探しつづけていった。

旅情

ぼくにはゆるされないことだった
かりそめの愛でしばしの時をみたすことは
それは椅子《いす》を少しそのひとに近づけるだけでいいのに
ほんとうにそんな他愛《たあい》もないことなのに

二人が越えてきたところにゆるやかな残雪の峰々があった
そこから山かげのしずかな水車小屋の横へ下りてきた
小屋よりも大きな水車が山桜の枝をはじきはじき
時のなかにひそかに何か充実させていた

ぼくたちは大きく廻る水車をいつまでもあきずに見あげた
いわば一つの不安が整然とめぐり実るのを
落ちこんだ自《みずか》らのなかからまた頂きにのぼりつめるのを
あのひとは爽《さわ》やかな重さで腰かけている
ぼくは聞くともなく遠い雲雀《ひばり》のさえずりに耳をかたむけている
いつのまにか旅の終りはまた新らしい旅の始めだと考えはじめている

嵯峨 信之（さが　のぶゆき）一九〇二〜一九九七
「魂の中の死」より。詩集「愛と死の数え唄」「魂の中の死」

＊

〔編者の言葉〕　わたしたち特攻隊員《とっこうたいいん》が寝起きしてい

る営舎《えいしゃ》の事務室に、ひとりの若い女性が通勤《つうきん》していた。軍属《ぐんぞく》という、いかめしい肩書《かたがき》をもっていたが、そんな肩書ににあわぬ清楚《せいそ》なむすめだった。

特攻隊員はみな二十歳前後の若い男たちだったから、とうぜん彼女はあこがれの対象になり、なにかにつけて話のタネになった。みな心の底ではまばゆいほどの美しさを彼女に感じていたが、そして、できれば短い月日でもいっしょにくらしたいと思っていたのだが、しかし、みんなの口にすることばは、「あいつは鼻がまがってる」とか「ガニ股《また》で、歩くとボタボタと胸が横ゆれする」という、悪口《わるくち》ばかりだった。彼女《かのじょ》のためなら、ここを脱走《だっそう》してもよい、というくらいまで思いつめているO見習士官《みならいしかん》などは「あいつは毎晩寝小便するっていう話だぜ」と言って、顔をしかめてみせるのだった。

未練《みれん》を絶たねば、明日くるかもしれぬ〈死〉に今日の自分をつなげない。そんな心が、このようなことばをはかせたのだろうか。こんなのが戦争中の青春だった、と言えようか。

オホーツク挽歌《ばんか》

海面は朝の炭酸のためにすっかり銹《さ》びた
緑青《ろくしょう》のところもあれば*藍銅鉱《アズライト》のところもある
むかふ《(こう)》の波のちゞれたあたりはずゐ《(い)》ぶんひどい瑠璃液《るりえき》だ
**チモシイの穂がこんなにみぢ《(じ)》かくなって
かは《(わ)》るがはるかぜにふかれてゐる
（それは青いいろのピアノの鍵で
　かはるがはる風に押されてゐる）
あるひ《(い)》はみぢかい変種だら《(ろ)》う
しづ《(ず)》くのなかに朝顔が咲いてゐる
***モーニンググローリのそのグローリ

*青っぽく、やや透明《とうめい》な銅《どう》の鉱石
**牧草《ぼくそう》の一種。オオアワガエリ
***〝朝焼け〟の意味

いまさっきの曠原風《こうげんふう》の荷馬車がくる
年老《と》った白い重挽馬《じゅうばんば》は首を垂《た》れ
またこの男のひとのよさは
わたくしがさっきあのがらんとした町かどで
浜のいちばん賑《にぎ》やかなとこはどこですかときいた時
そっちだらう　向ふ《(う)》には行ったことがないからと
さ《(そ)》う云ったことでもよくわかる
いまわたくしを親切なよこ目でみて
（その小さなレンズには
　たしか樺太《からふと》の白い雲もうつってゐる）
朝顔よりはむしろ牡丹《ピオネア》のや《(よ)》うにみえる
おほ《(お)》きなはまばらの花だ
まっ赤《か》な朝のはまなすの花です
ああこれらのするどい花のにほひ《(おい)》は

もうどうしても　妖精《ようせい》のしわざだ
無数の藍《あい》いろの蝶《ちょう》をもたらし
またちいさな黄金《きん》の槍《やり》の穂
軟玉《なんぎょく》の花瓶《かびん》や青い簾《すだれ》
それにあんまり雲がひかるので
たのしく激しいめまぐるしさ
　馬のひづ《(ず)》めの痕《あと》が二つづつ
ぬれて寂《しず》まった褐砂《かっさ》の上についてゐる
もちろん馬だけ行ったのではない
広い荷馬車のわだちは
　こんなに淡《あわ》いひとつづり
波の来たあとの白い細い線に
小さな蚊《か》が三疋《びき》さまよひ《(い)》
またほのぼのと吹きとばされ

貝殻《かいがら》のいぢ《(じ)》らしくも白いかけら
萱草《かやくさ》の青い花軸が半分砂に埋もれ
波はよせるし砂を巻くし

白い片岩類《へんがんるい》の小砂利に倒れ
波できれいにみがかれた
ひときれの貝殻を口に含《ふく》み
わたくしはしばらくねむら《(ろ)》うとおもふ《(う)》
なぜならさっきあの熟《じゅく》した黒い実のついた
まっ青《さお》なこけももの上等の敷物《カーペット》と
おほきな赤いはまばらの花と
不思議な釣鐘草《ブリーベル》とのなかで
サガレンの朝の妖精にやった
透明なわたくしのエネルギーを

いまこれらの濤《なみ》のおとや
しめったにほひのいい風や
雲のひかりから恢復《かいふく》しなければならないから
それにだいいちいまわたくしの心象《しんしよう》は
つかれのためにすっかり青ざめて
眩《まは》ゆい緑金にさへ(え)なってゐるのだ
日射しや幾重の暗いそらからは
あやしい鑵鼓《かんこ》の蕩音《とうおん》さへする

わびしい草穂やひかりのもや
緑青は水平線までうららかに延《の》び
雲の累帯《るいたい》構造のつぎ目から
一きれのぞく天の青
強くもわたくしの胸は刺されてゐる

それらの二つの青いいろは
どちらもとし子のもってゐた特性だ
わたくしが樺太《からふと》のひとのない海岸を
ひとり歩いたり疲れて睡《ねむ》ったりしてゐるとき
とし子はあの青いところのはてにゐて
なにをしてゐるのかわからない
とゞ松やえぞ松の荒《す》さんだ幹や枝が
ごちゃごちゃ漂ひ《(い)》置かれたその向ふで
波はなんべんも巻いてゐる
その巻くために砂が湧《わ》き
潮水はさびしく濁《にご》ってゐる
（十一時十五分　その蒼《あお》じろく光る盤面《ダイアル》）
鳥は雲のこっちを上下する
ここから今朝舟が滑《すべ》って行ったのだ

砂に刻まれたその船底の痕《あと》と
巨《おお》きな横の台木のくぼみ
それはひとつの曲った十字架《か》だ
幾本かの小さな木片
HELLと書きそれをLOVEとなほ《(お)》し
ひとつの十字架をたてることは
よくたれでもがやる技術なので
とし子がそれをならべたとき
わたしはつめたくわらった
（貝がひときれ砂にうづ《(ず)》もれ
　白いそのふちばかり出てゐる）
やう《(よ)》やく乾いたばかりのこまかな砂が
この十字架の刻みのなかをながれ
いまはもうどんどん流れてゐる

＊ＨＥＬＬ――地獄《じごく》
　ＬＯＶＥ――愛《あい》
　寄木《よせぎ》細工《ざいく》で木をならべかえて遊ぶ

海がこんなに青いのに
わたくしがまだとし子のことを考へ（え）てゐると
なぜおまへ（え）はそんなにひとりばかりの妹を
悼《いた》んでゐるかと遠いひとびとの表情が言ひ（い）
またわたくしのなかでいふ（う）
＊(Casual observer! Superficial traveler!)
空があんまり光ればかへ（え）ってがらんと暗くみえ
いまするどい羽をした三羽の鳥が飛んでくる
あんなにかなしく啼《な》きだした
なにかしらせをもってきたのか
わたくしの片っ方のあたまは痛く
遠くなった栄浜《さかえはま》の屋根はひらめき
鳥はただ一羽硝子《ガラ》笛《スぶえ》を吹いて
玉《ぎょく》髄《ずい》の雲に漂っていく

＊“冷淡《れいたん》な観察者《かんさつしゃ》、表面ばかりの旅行者”の意味

町やはとばのきららかさ
その背のなだらかな丘陵の鴇《とき》いろは
いちめんのやなぎらんの花だ
爽《さわ》やかな苹果青《りんごせい》の草地と
黒緑とどまつの列
*（ナモサダルマプフンダリカサスートラ）
五匹のちいさないそしぎが
海の巻いてくるときは
よちよちとはせて遁《に》げ
（ナモサダルマプフンダリカサスートラ）
浪《なみ》がたひ（い）らにひくときは
砂の鏡のうへ（え）を
よちよちとはせてでる

＊サンスクリット語でナムミョウホウレンゲキョウの意味

宮沢 賢治（みやざわ　けんじ）一八九六〜一九三三
「校本宮澤賢治全集第二巻」より。著書「宮澤賢治全集」他

＊

〔編者の言葉〕　作家高史明《こうしめい》氏の子息岡真史《おかまさふみ》君が十二歳の若い命をみずから絶《た》ったのは一九七五年七月十七日の夜。死後、父母の手で真史君の詩と散文のいくつかが一冊の本に編まれた。『ぼくは十二歳』——。詩と文章ことごとく透明《とうめい》にすんでいて、天になる笛の音のように美しい。

母親の百合子《ゆりこ》さんは「同行三人」と題したあとがきの結びにこう書いている。「……今、私の前には、白々としたひとすじの道が見えます。あの子の好きだった、旅。私たちは歩きつづけます。目には見えない傘《かさ》をかぶります。傘に書いた文字は、「同行三人」。そう言えば、あの子は鈴《すず》を集めるのが趣味《しゅみ》で、主のいない部屋には、今も、鈴の束《たば》が下がっています。金の鈴、銀の鈴、木の鈴、土の鈴。チロン、チロン、となる鈴を持って、私たちは、あの子と一緒《いっしょ》に人びととの長い旅に出るつもりです。」

峠

時に　人が通る、それだけ
三日に一度、あるいは五日、十日にひとり、ふたり、通るという、それだけの——
——それだけでいつも　峠には人の思いが懸《か》かる。

そこをこえてゆく人
そこをこえてくる人
あの高い山の

あの深い木陰の
それとわかぬ小径《こみち》を通って
姿もみえぬそのゆきかい

峠よ、
あれは峠だ、と呼んで　もう幾年こえない人が
向こうの村に　こちらの村に　住んでいることだろう

あれは峠だ、と　朝夕こころに呼んで。

石垣りん（いしがき　りん）一九二〇～二〇〇四
「私の前にある鍋とお釜と燃える火と」より。詩集「表札など」

＊

〔編者の言葉〕　沖縄《おきなわ》をめぐる戦争も終わりにちかづいたある日、北方の基地《きち》から特別攻撃隊《とくべつこうげきたい》の一隊がわ

たしのいた川田谷《かわたや》※村の飛行場に着陸した。中間給油のためで、すぐ南へ飛んでいくのだという。

隊長機《たいちょうき》からおりた人影を見て、わたしははっとした。のびかけた夏草をふみしめながら、上体を横にふってゆったりと歩いてくるすがたに見おぼえがあった。たしかに岩手県の後藤野《ごとうの》の飛行場でわたしに操縦《そうじゅう》の手ほどきをしてくれたN少尉《しょうい》だった。

「おお、遠藤！」N少尉もわたしを見ておどろきの声をあげ、わたしは走りよって手をにぎりしめた。

給油が終わり、プロペラがまわされると、N少尉は隊長機《たいちょうき》にかけよるまえ「おい、遠藤」とわたしによびかけ、裏毛《うらげ》のついた手ぶくろをさしだした。

「おれには、もういらん品物だ」飛行機はつぎつぎと飛びたった。わたしは手ぶくろをにぎりしめ、いつまでも空をながめていた。涙をとおして、空に大きくえがかれた峠《とうげ》が見えた。感傷《かんしょう》がえがいた幻《まぼろし》といわれても、わたしには現実以上の現実の峠、こえた人は二度ともどらぬ峠だったのだ。

※川田谷村は埼玉県北足立郡にあった村。現在は桶川市西部。

六月

どこかに美しい村はないか
一日の仕事の終りには一杯の黒麦酒《くろビール》
鍬《くわ》を立てかけ　籠《かご》を置き
男も女も大きなジョッキをかたむける

どこかに美しい街《まち》はないか
食べられる実をつけた街路樹が
どこまでも続き　すみれいろした夕暮は
若者のやさしいさざめきで満ち満ちる

どこかに美しい人と人との力はないか
同じ時代をともに生きる
したしさとおかしさとそうして怒りが
鋭い力となって　たちあらわれる

茨木　のり子（いばらぎ　のりこ）一九二六～二〇〇六
「見えない配達夫」より。詩集「対話」「人名詩集」他

＊

〔編者の言葉〕わたしの教師《きょうし》生活の出発点となった※岳下《だけした》村は、安達太良《あだたら》山の片がわをすっぽりつつみこむ広大な村だった。

村の中心部にある学校まで十三、四キロもあるという開拓村《かいたくむら》をかかえこむ広さだから、子どもたちは小学校四年生までを、三つの分教場にそれぞれかよい、五年生になってはじめて本校に通学するというきまりになっていた。

四月の下旬から五月にかけて、どこの学校でもやるように、家庭訪問《ほうもん》をおこなうことになっていたが、高学年担任《たんにん》ということになると、それが都会地の教《きょう》

師《し》には想像《そうぞう》もつかぬほどたいへんな仕事だった。峠《とうげ》をこえて一つの集落をたずねる。そしてまた峠をこえて別な集落へ。午後いっぱいつかって二、三軒《げん》がせいぜい。ときには、昼食もそこそこに学校をでて、人里はなれた家を一軒たずね、話し終わって腰《こし》をあげるときにはもう夕ぐれ、というようなこともあった。

開拓地《かいたくち》をたずねるときは、よく子どもたちが馬でむかえてくれた。いっしょに馬の背《せ》にゆられて、山道を歩き、青葉のにおいにむせながら開拓地にはいる。「おーい、先生がきたぞーっ」子どもがさけぶと、畑から両親が出てきて「よくここまできてくれやしたなあ」と大声であいさつをくれるのだった。

小昼《こひる》をごちそうになりながら、畑のなかで話しこみ、午後の陽が安達太良山《あだたらやま》をあかね色にそめはじめたのを見て腰をあげ、また馬の背にゆられて山道をおりる。広い村の家庭訪問《ほうもん》はたしかにたいへんな仕事だったが、そんな牧歌的《ぼっかてき》なひとこまもあった。

※岳下村は福島県安達郡にあった村で、現在の二本松市南西部。

きくゎん車

きくゎ《（か）》ん車
きくゎん車
くろい
つよいきくゎん車

きくゎん車
きくゎん車
引っぱる
押《お》して行くきくゎん車

きくゎん車
きくゎん車
トンネルへはいる
鉄橋へかかるきくゎん車

石炭の蒸気きくゎん車
電気の電気きくゎん車
いろいろとあるきくゎん車

人をはこぶきくゎん車
荷物をはこぶきくゎん車
郵便を持って行くきくゎん車

きくゎん車

きくゎん車
町と町をつなぐきくゎん車
町と町　村と村　村と町をつなぐきくゎん車

きくゎん車
きくゎん車
まじめな
カネで出来たきくゎん車

すすむきくゎん車
あとしさりするきくゎん車
汽笛をならすきくゎん車

山へのぼるきくゎん車

山をくだるきくゎん車
雪ぐにから来たきくゎん車
あつい国へ行くきくゎん車

きくゎん車
きくゎん車
あおい旗《はた》
あかい旗
転車台《てんしゃだい》
踏切《ふみきり》のきくゎん車

きくゎん車
きくゎん車
カタン　タン

真夜中もはしるきくゎん車
たいせつなきくゎん車

中野重治（なかの　しげはる）一九〇二〜一九七九
「中野重治詩集」より。著書「中野重治全集」他

＊

〔編者の言葉〕「きょうもデモに行くよ」学校の勤《つと》めが終わると、用務《ようむ》員《いん》のおばあさんに声をかける。「ほいきた、きょうは何人かね」そう言っておにぎりを作ってくれる。「あたしゃ年とって国会まで行けんからね。あたしの分までがんばってきて」

一九六〇年、日米安保条約《にちべいあんぽじょうやく》の改定《かいてい》を阻止《そし》しようと、五月から六月にかけ、わたしは毎夜のように、おばあさんがにぎってくれたおにぎりを背中にくくりつけ、多くのデモ隊《たい》といっしょに国会をとりまいた。

しかし、わたしたちの反安保《はんあんぽ》のたたかいは敗けた。泣いてくやしがるおばあさんを「またおにぎりを作ってもらう時がくるさ」と言ってなぐさめたが、そんな時がくるかどうか、わたし自身わからなかった。

南紀の駅

渚《なぎさ》の松が歩廊《ほろう》に日蔭《ひかげ》をつくっている
それほど海にちかい紀の国の小さな駅
波音を聴《き》きながら汽車を待っているわずかな旅客たち
やがて松籟《しょうらい》と波音のなかへ汽車がゆっくりきてとまる
そうしてゆっくり動きはじめる
帽子に金線の入った駅長さんが愉《たの》しげに手をあげてしば
　らく見送っている
――松の日蔭《ひかげ》にまた波音が還《かえ》ってくる

伊藤桂一（いとう　けいいち）一九一七～　「竹の思想」より。詩集「定本竹の思想」「伊藤桂一詩集」。小説多数。

＊

〔編者の言葉〕　わたしは戦争中、たしか熊町飛行場《くままちひこうじょう》とよばれた、陸軍の飛行場で洋上飛行訓練《ようじょうひこうくんれん》をうけたことがある。常磐線《じょうばんせん》の、たぶん大野とよばれる小さな駅から海にむかって歩いたところに作られたその飛行場は、飛び立つとすぐ海にでるような構造《こうぞう》に作られており、訓練の初期のころは、その海の広さにめくるめく思いをしたものだった。

休みがでた日、わたしはよく、駅までいって駅の木製のベンチに腰《こし》をおろして、時間をすごした。それは、ただむしょうに汽車が見たかった、からである。子どもみたいに、なぜ、と問われても、答えることはできない。ただ、むしょうに汽車が見たかったからなのである。

戦後、わたしは一度だけ、その小さな駅をおとずれた。駅舎《えきしゃ》はもとのままだったが、見おぼえのある駅長さんは、もういなかった。戦争中、休みの日にはいつもそうしたように、わたしは小さな駅にとまり、また発っていく汽車を見おくるのだった。

旅上

ふらんすへ行きたしと思へ《え》ども
ふらんすはあまりにも遠し
せめては新しき背広をきて
きままなる旅にいでてみん。
汽車が山道をゆくとき
みづ《ず》いろの窓によりかかりて
われひとりうれしきことを思は《わ》む
五月の朝のしののめ
うら若草のもえいづ《ず》る心まかせに。

萩原　朔太郎（はぎわら　さくたろう）一八八六～一九四二
「純情小曲集」より。著書「萩原朔太郎全集」他

＊

〔編者の言葉〕　二番目の男の子が生まれたのは一九五四年七月だった。生まれるまで、まだ二、三日あるな、などと話し合って眠りについた夜半、妻がにわかに産気《さんけ》をうったえ、わたしはあわてて産婆《さんば》さんの家へ走ったのだった。

とにかく無事に生まれ、うぶ湯《ゆ》をつかわせたりしているうちに、夜明けがきていた。ほんとうなら、その日一日ぐらいは家にいてやらなければいけないのだろうけれど、わたしは研究会のため兵庫県城崎《ひょうごけんきのさき》に出かけなければならなかったのだ。

「すまないけれど、予定どおり旅に出るからね」と言うと「どうぞ」と妻は床《とこ》の中でうなずいた。くしゃくしゃな顔で眠っている赤ん坊に「おれが帰るまで達者《たっしゃ》でな」と心の中で声をかけ、汽車に乗った。

心せかれる、あわただしい旅だった。

雲よ

雲がゆく
おれもゆく
アジアのうちにどこか
さびしくてにぎやかで
馬車も食堂も
景色も泥《どろ》くさいが
ゆったりとしたところはないか
どっしりした男が
五六人
おおきな手をひろげて

話をする
そんなところはないか
雲よ
むろんおれは貧乏《びんぼう》だが
いいじゃないか　つれてゆけよ

谷　川　雁（たにがわ　がん）一九二三〜一九九五
「天山」より。詩集「谷川雁詩集」評論集「原点が存在する」他

＊

〔編者の言葉〕　戦争の傷あとが、まだ日本のいたるところに残っている戦後すぐのころ、小海線《こうみせん》で小渕沢《こぶちざわ》から小諸《こもろ》までぬけたことがあった。いまにくらべ、ひどくそまつで、走行速度もおそい列車にのりながら、窓から見える青空とすすきの穂《ほ》だけが、どうしてこうも豪華《ごうか》なんだろうと思いながら、かたい木のいすにすわっていた。

これからたずねようとする小諸の懐古園《かいこえん》は島崎藤《しまざきとう》

村《そん》ゆかりの地として有名だが、わたしはむしろ、

かたはらに　秋ぐさのはな　かたるらく

ほろびしものは　なつかしきかな

という若山牧水《わかやまぼくすい》の歌碑《かひ》に心ひかれていた。

甲斐大泉《かいおおいずみ》から清里《きよさと》をすぎて野辺山《のべやま》にむかうところで、きゅうに視界《しかい》がひらけ、車内が明るくなる。

左手に赤紫をおび、きりたつ八ヶ岳《やつたけ》の主峰赤岳《しゅほうあかだけ》。

右手には広い枯草の斜面がひろがるが、この土地のそちこちには、東京奥多摩《おくたま》に巨大なダムが作られたとき、ここを代替地《だいたいち》としてあてがわれた人たちが農業をいとなんでいるのだという。

「ここじゃ、冬になると、一面に三十センチほどの霜柱《しもばしら》がたつ。」

手ぬぐいでほおかぶりして、わたしのまえにすわっていた老人がこともなげにそう言った。

列車は佐久海ノ口《さくうみのくち》につき、老人はそこでおりていったが、わたしはその老人が淡々《たんたん》とえがいてみせた、大地を三十センチもの高さにおしあげて立つ霜柱のすがたを、いつまでも思いうかべていたのだった。

解説

遠藤豊吉

いまもそうだけれども、いなか暮らしをしていた若いころはもっともっと貧《まず》しく、その日食う米にもことかくありさまだった。そのくせ、どういうわけか旅にでることが好きで、休日などはよく家をあけてどこかを歩いた。

もっとも、旅といっても、いまの若い勤め人のように自由に使える金をほとんど持ちあわせていなかったから、その内容も貧しく、方法もまたみみっちいものだった。たとえば、なにか用事があって東京にでる。用事がすんでも、東北本線の同じ道をすなおにもどって帰るようなことはしない。新宿《しんじゅく》から中央線にのって小渕沢《こぶちざわ》までいき、そこで小海線《こうみせん》に乗りかえる。客車と貨車を連絡した小さな列車にゆられて小諸《こもろ》に出、そこから信越《しんえつ》本線を使って直江津《なおえつ》―新潟《にいがた》とたどり、磐越西線《ばんえつさいせん》に乗りかえる。磐越西線の列車は、ゴトゴトと、新潟県から福島県へとつらなる山地の山あいを走り、会津盆地《あいづぼんち》の野面《のづら》を走って郡山《こおりやま》にたどりつく。あとは東北本線で二本松《にほんまつ》までおよそ四十分。それでようやくわたしの旅は終わる。いまのように安くとまれる民宿はなかったし、懐中《かいちゅう》には体裁《ていさい》のととのった旅館《りょかん》に体を横たえるだけの金もなかった。だから、接続の列車がなくなると、夏であろうと、冬であろうとかまわずに、駅舎《えきしゃ》のなかで一夜をあかすことにしていた。一つの旅が終わると、体はくたくたに疲れるのだったが、心のなかは灯がともったようにあたたかかった。わたしの旅は形のうえではひどく貧しい旅だったわけだけれども、しかし、いま考えてみれば好きなところを好きなように、自分の意志で自由に動きまわれたということで、それはぜいたくの限りをつくした旅だったのかもしれない。

一定のスケジュールをだれかがパックし、何人かの人間をかき集めて値段をはじきだす、といったいわば商品化された「旅行」ではないから、自分の望むところでいつでも自分を静止させることができたし、自分の満足がいくまで、自分の肉眼で対象を凝視《ぎょうし》することができた。だからわたしは、直江津《なおえつ》の海岸で日本海の水の色の深さに、はげしく心をふるわせたのがいつの旅であったかをいまもはっきりおぼえているし、若狭湾《わかさわん》の夕映えの美しさに、思わず涙を流したのが、どんな心をいだいて旅をした日であったのかを、いまでも克明《こくめい》に思いおこすことができるのである。

いま、わたしは八ヶ岳《やつたけ》の麓《ふもと》に小さな山小屋を持っているが、それを手にいれた動機は、戦後のある秋の日、小渕沢《こぶちざわ》から小諸《こもろ》へぬけたあの旅のなかにある。左手に赤紫色にそまった赤岳《あかだけ》を見、右手にえんえん韮崎《にらさき》まで達する壮大な枯野《かれの》を見たとき、そして、手ぬぐいでほおかぶりした老人から「ここじゃ、冬になると、一面に三十センチほどの霜柱《しもばしら》が立つ」と聞かされたとき、わたしは、ここに住んで暮らしてみたい、と思ったのだった。秋になると一面枯野原《かれのはら》になり、冬になると三十センチもの霜柱《しもばしら》の立つこの土地に、どうして自分の暮らしをたてたいと思ったのか、理屈《りくつ》ではとうてい説明できないけれども、とにかく理屈にならぬそんな思いがはげしく胸にきたのだった。二十年、その願望はわたしの胸のうちに燃えつづけた。執念《しゅうねん》といってもよかった。故郷《こきょう》の家を処分《しょぶん》し、飯代をおしんで買い求めた本を売りはらい、そしてそんなに数多くあったわけでもない家財道具《かざいどうぐ》も売りはらって、わたしは、あの旅の日から二十年後、秋になるとにびいろの自然のなかにうずまるその山小屋を手にいれたのだった。死んだら、わたしの体はその土地の片すみにうめられることになるだろう。

いまのはやりの感覚からすれば、そんなのは古くさいといわれるかもしれない。しかし、わたしはそれでいいと思っているのである。

こんな自然観、こんな人間観の持主であるわたしに、これはわたしの大好きな詩だなどと詩嚢《しのう》のなかから作品を引き出されて、詩人たちはめいわくだと思われたであろうか。もしそうだとしたら、わたしは十三人の詩人たちに深く頭をさげてわびねばならない。

●編著者略歴

遠藤《えんどう》　豊吉《とよきち》

1924年福島県に生まれる。福島師範学校卒業。1944年いわゆる学徒動員により太平洋戦争に従軍，戦争末期特別攻撃隊員としての生活をおくる。敗戦によって復員。以後教師生活をつづける。新日本文学会会員，日本作文の会会員，雑誌『ひと』編集委員。1997年逝去。

新版 日本の詩・8　たび　NDC911　63p　20cm

2016年11月７日　新版第１刷発行

編著者　遠藤　豊吉

発行者　小峰　紀雄

発行所　株式会社 小峰書店

〒162-0066 東京都新宿区市谷台町4-15
電話 03-3357-3521(代)
FAX 03-3357-1027
http://www.komineshoten.co.jp/

印　刷　株式会社三　秀　舎
組　版　株式会社タイプアンドたいぽ
製　本　小高製本工業株式会社

ISBN978-4-338-30708-6

本書は、1978年3月25日に発行された『日本の詩・8　たび』を増補改訂したものです。